雜貨店

獻給Tara ── 范揚夏

獻給Ellis 與 Ewyn ── 迪娜·塞弗林

午夜餐車

著 I 露文·范揚夏
圖 I 迪娜·塞弗林
譯 I 柯倩華

字畝文化創意有限公司
社長兼總編輯 I 馮季眉
責任編輯 I 鄭倖伃
封面、美術設計 I Dinner Illustration

出版 I 字畝文化／ 遠足文化事業股份有限公司
發行 I 遠足文化事業股份有限公司（讀書共和國出版集團）
地址 I 231 新北市新店區民權路108-2號9樓
電話 I (02)2218-1417　傳真 I (02)8667-1065
客服信箱 I service@bookrep.com.tw
網址 I www.bookrep.com.tw
團體訂購請洽業務部(02)2218-1417 分機1124
客服專線 I 0800-221-029
法律顧問 I 華洋法律事務所　蘇文生律師
印製 I 通南彩色印刷公司

2024 年6月　初版一刷
定價 380元　ISBN I 978-626-7365-67-0　書號 XBFY0008

國家圖書館出版品預行編目(CIP)資料

午夜餐車 / 范揚夏文；迪娜.塞弗林圖；柯倩華譯. -- 初版.
-- 新北市：字畝文化出版：遠足文化事業股份有限公司發行,
2024.06
面；　公分
譯自：Night lunch
ISBN 978-626-7365-67-0(精裝)

874.599　　　　　　　　　　　　113000243

NIGHT LUNCH
午夜餐車

文｜范揚夏　圖｜迪娜・塞弗林
｜譯｜柯倩華

喀噠、喀噠，午夜的月亮出來了。

午夜餐車緩緩前進。

掃呀、掃呀，掃滿街灰塵和落葉。

看街邊窗戶亮晶晶。

滴答、滴答，熱咖啡煮好了。

大家都湊上來猛吸，吸吸彌漫在空氣的香味。

拖著腳步、打著呵欠、肚子咕嚕咕嚕叫。

午夜餐車的鈴聲，叮噹叮噹。

碰、轟，火爐點著了。

鍋碗瓢盆匡啷匡啷。

呼、呼，狐狸喜歡肉餡餅。

獾來點個三明治。

啪、啪，十二顆雞蛋⋯⋯

在煎鍋裡滋滋作響。

一、二，完成了，

香腸加胡椒。

一、二，完成了，

奶油卷麵包和比司吉。

窸窸窣窣，打包帶走，

為小袋貂做的布丁。

掃呀、掃呀，只有麵包碎屑可吃。

水溝裡撈不到半個銅板。

叮噹，午夜餐車打烊了。

天空漸漸發白。

咦，誰在這裡？

小小老鼠全身顫抖。

掃呀、掃呀，掃滿街灰塵和落葉。

看街邊窗戶亮晶晶。

一、二，完成了，

午夜大餐，恭候大駕！

一、二，完成了，

午夜大餐，兩位正好。

老鼠連說兩遍，謝謝你、謝謝你。

貓頭鷹輕輕點頭，微微晃動羽毛。

喀噠、喀噠，清晨的太陽出來了。

午夜餐車慢慢離去⋯⋯

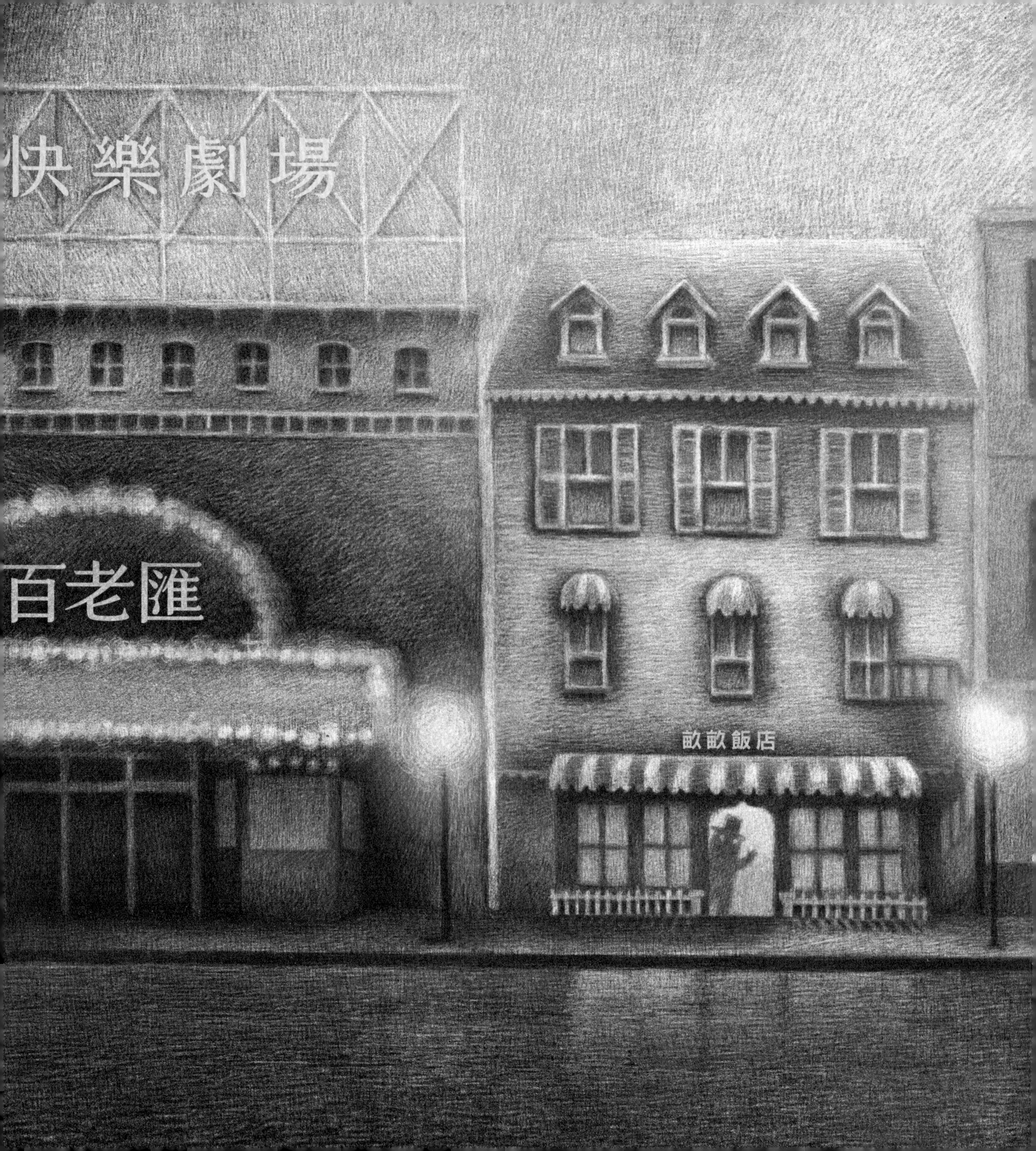
快樂劇場
百老匯
畝畝飯店